戸渡阿見　絵本シリーズ

リンゴとバナナ

作 ● 戸渡阿見（ととあみ）

絵 ● いとうのぶや

プールでリンゴが泳_{およ}いでいた。

バナナは心配になって、リンゴを励ました。
「おーい、リンゴ。あまり泳ぎすぎるなよ。足がこむら返りになると、おぼれるぞ」

リンゴが言い返した。
「そんな、バナナことにはならんよーだ」
すると、バナナも言い返した。
「おぼれると、アップル、アップルするよーだ」

リンゴは怒った。
「君の国とは、『国光』りんご断絶だ」
バナナも言い返した。
「そんな、『むつ』—とした顔するなよ—」

リンゴは、顔を真っ赤にして怒った。
「腹立って泳ぐので、顔が『紅玉』してきた」
バナナは、何食わぬ顔で言った。
「りんご『富士』、山ろくオーム鳴くだ」

リンゴは、一瞬首をかしげた。
「何だあーっプル。よくわかふらんす」

バナナは言った。
「どんなルートで、『国光』断絶りんごを手に入れるか。ルートが割り切れない思いだ。この根性ナシの長十郎、二十世紀最大の根性ナシ」

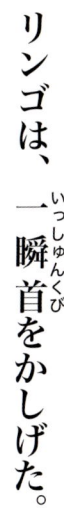

リンゴは、この言葉に驚いた。
「キョホー。山なし武道で鍛えたこの体。
君とは、決闘するしかない」

「場所は、どこだ」

受けて立つ気持ちで、バナナはたずねた。

「オーストラリアの首都、『キャンベル』だ」

リンゴはあっさり答えた。

「キョホー。長野農協より遠いよ、そこは」
バナナは嫌気がさした。
リンゴも面倒になった。

「めんどうだから、決闘はやめだ。
これでもう、争いの『種ナシ』だ」
とリンゴが言った。

バナナも笑って言った。
「マー、スカットしたね」
それで、二人は仲直りして、プールで一緒に泳いだ。

よく見ると、そこは、フルーツポンチのボールの中だった。

戸渡　阿見（とと　あみ）プロフィール

　兵庫県西宮市出身。本名半田晴久。1951年生まれ。同志社大学経済学部卒業。武蔵野音楽大学特修科（マスタークラス）声楽専攻卒業。西オーストラリア州立エディスコーエン大学芸術学部大学院修了。創造芸術学修士（MA）。中国国立清華大学美術学院美術学学科博士課程修了。文学博士（Ph.D）。中国国立浙江大学大学院中文学部博士課程修了。文学博士（Ph.D）。カンボジア大学総長、人間科学部教授。中国国立浙江工商大学日本言語文化学院教授。その他、英国、中国の大学で、客員教授として教鞭をとる。現代俳句協会会員。社団法人日本ペンクラブ会員。小説は、短篇集「蜥蜴」、「バッタに抱かれて」。詩集は「明日になれば」などがある。小説家・長谷川幸延は、親戚にあたる。
戸渡阿見公式サイト　　http://www.totoami.jp/　　　　　（08.02.21）

いとうのぶや（伊東　宣哉）プロフィール

1956年	京都府生まれ
1976年	「ITU青少年作品コンクール」国際賞第1位 同年武蔵野美術大学造形学部基礎デザイン学科入学
1990年	日本オリンピック委員会キャラクターデザインコンテスト優秀賞
2000年	旧郵政省主催　「21世紀の年賀状額印面デザインコンクール」優秀賞
2002年	文化庁メディア芸術祭にてデジタルアート［ノンインタラクティブ部門・CG静止画］審査委員会推薦作品に選出
2004年	タイ王国大阪総領事館主催「ディスカバリング・タイランド」絵画コンテスト審査員
2006年	9月　ギャラリー80にて「伊東宣哉／葉月慧2人展　流れる花と揺れる人展」開催 11月　日本の鬼の交流博物館にて「流れる花展」開催

日本児童出版美術家連盟会員

戸渡阿見 絵本シリーズ　**リンゴとバナナ**

2008年3月18日　　　初版第1刷発行
2008年4月15日　　　　　第2刷発行

作 ——— 戸渡阿見
絵 ——— いとうのぶや
発行人 —— 笹　節子
発行所 —— 株式会社　たちばな出版
　　　　　〒167-0053　東京都杉並区西荻南2-20-9　たちばな出版ビル
　　　　　TEL　03-5941-2341（代）
　　　　　FAX　03-5941-2348
　　　　　ホームページ　http://www.tachibana-inc.co.jp/

デザイン —— 環境デザイン研究所

印刷・製本 —— 共同印刷株式会社

ISBN978-4-8133-2164-4
© Ami Toto & Nobuya Ito 2008, Printed in Japan
落丁本、乱丁本はお取り替えいたします。

素敵な絵本になりました。

『雨』

作●戸渡阿見　絵●ゆめのまこ
B5変型判・上製本／本文56ページ　定価：1,050円

迫力があって男らしく、集中豪雨でニュースにもなる"どしゃ降り"さんと、ロマンチックな文学に登場したり、食べ物にたとえられたりする"春雨"さん。お互いをうらやましがる二人が仲良く語らっているところに、突然乱入してきたのは……。琵琶湖を舞台に、表情豊かな雨たちが繰り広げる、詩情あふれる物語。

『チーズ』

作●戸渡阿見　絵●ゆめのまこ
B5変型判・上製本／本文72ページ　定価：1,050円

少年が、『十勝』と書いてあるチーズを食べようとすると、チーズから赤い液体がにじみ出た。
驚く少年の前に、黒髪の怪物が現れる。その正体とは？
チーズから血が出たわけは。少年の運命は……？
摩訶不思議な戸渡阿見ワールドを、存分にご堪能ください。

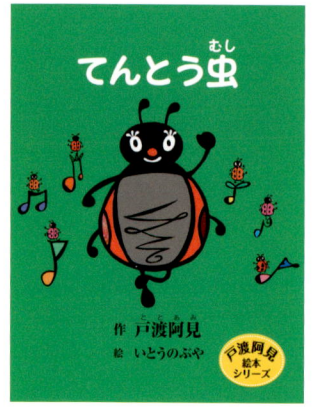

『てんとう虫』

作●戸渡阿見　絵●いとうのぶや
B5変型判・上製本／本文24ページ　定価：840円

琵琶湖畔の小枝に止まっていたてんとう虫は、聞こえてきた音楽につられて踊り出す。「いったい、この音楽はなんという曲かな」。その音楽は、てんとう虫を喜ばせ、呼び寄せる魔力がある音楽だった。楽しそうに踊る仲間の中で、雌のてんとう虫と出会った彼は……。
湖面を流れる風を感じる、爽快な作品です。

戸渡阿見の短篇小説が

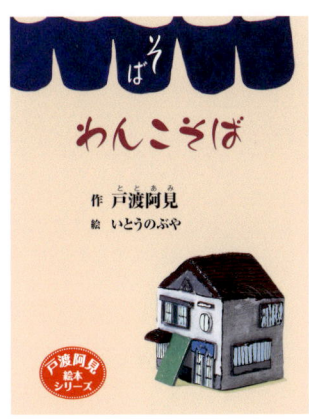

『わんこそば』

作●戸渡阿見　絵●いとうのぶや
B5変型判・上製本／本文24ページ　　定価：840円

盛岡駅に車を停めて、わんこそばのお店に入った"ぼく"。
お店のお姉さんが出してくれた漆塗りのお椀の蓋を開けると、
お椀の底に、金泥で描かれた犬の顔があった！
怖くなって蓋を閉めた"ぼく"が、もう一度蓋を開けると……。
戸渡阿見が綴る、軽妙洒脱な世界。

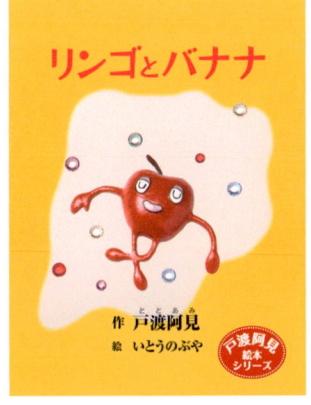

『リンゴとバナナ』

作●戸渡阿見　絵●いとうのぶや
B5変型判・上製本／本文20ページ　　定価：840円

バナナ「足がこむら返りになると、おぼれるぞ」
リンゴ「そんなバナナことにはならんよーだ」
プールを舞台に、リンゴとバナナが繰り広げるギャグの応酬。
悩める人も、悩みのない人も、真っ白な気持ちで戸渡阿見ワールドに身を委ねてみてください。
きっと幸せな気持ちになれることでしょう。

『ある愛のかたち』

作●戸渡阿見　絵●いとうのぶや
B5変型判・上製本／本文36ページ　　定価：1,050円

太陽がまぶしい。そこで部屋に戻り、トイレに行った。
まぶしかった太陽を思い浮かべていると、ツルツルと気持ち良くうんこが出た。卵を産んだ雌ジャケの周りを、雄ジャケが泳いで白い液をかけるように、黄色いオシッコがあとを追って勢い良く出た。そこから、愛の物語が始まった──。
戸渡阿見が紡ぎ出す、崇高な愛の物語。